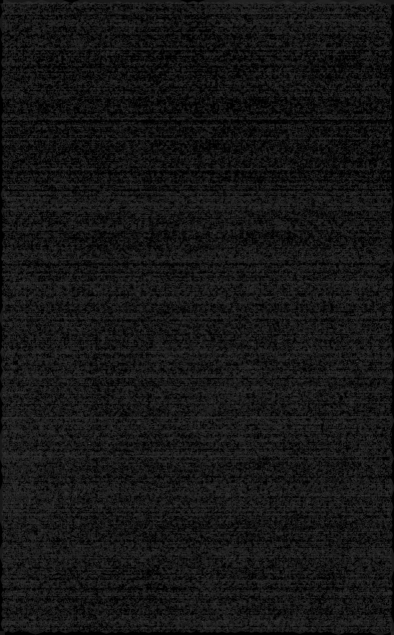

물학의 새로운 세대

문학의 새로운 세대

손아람 글×성립 그림

미메시스

차례

예심

　이것은 말 그대로 활자로 쌓아 올린 구조물이다. 수백의 작가, 수천의 이름, 수만의 문장, 수십만의 어휘, 수백만의 음운이 그 설계에 동원되었다. 서로를 짓누르고 질식시키는 언어들의 물리적 층간에서 문학의 오랜 투쟁은 비로소 선명한 의미가 되었다. 남은 문제는, 누가 당선되느냐이다.

　서로에 무관심한 인간의 가치들. 적이 되어 경합하는 이야기들. 문학이 세계의 어떤 모습을 보여 주든, 스스로

세계 위에 놓였을 때의 지위는 선풍기 미풍에 날려 흩어질 종이 더미이다. 그래서 심사 위원인 〈추〉는 눈높이까지 위태롭게 쌓아 올려진 응모작들로부터 바벨탑을 떠올렸다. 물론 농담이나마 그런 말을 입 밖에 낼 수는 없었는데, 그것은 그 자신이 신춘문예로 등단한 까닭이기도 하거니와, 응모작들을 사이에 두고 탁자 맞은편에 늙은 〈정〉이 두 눈을 부릅뜨고 앉아 있었기 때문이다. 다른 심사 위원들이야 추와 정 사이를 감도는 냉랭한 공기가 거북했을 테지만, 문단에서는 호사가들의 관음적인 호기심이 경쟁적으로 방 안을 향하고 있었다. 중견 소설가인 〈김〉은 들어오기 전에 문자 메시지까지 받았다. 눈여겨보라고. 끝나고 다 이야기 해줘야 돼.

물론 요즘 같은 시대에 문학을 전공하는 젊은 학생들이라면 추와 정의 개인사 따위에는 관심이 없을 것이다. 어렵사리 문학이 뿌리내린 현실의 구질구질함을 들쑤어 얻을 게 뭐냐고 묻는다면, 자신 있게 대답하지는 못하겠다. 객관적인, 공식적인, 점잖은, 이런 표현들은 비슷한 어법으로 쓰인다는 사실을 말해 두고 싶다. 인물이 곧 역사

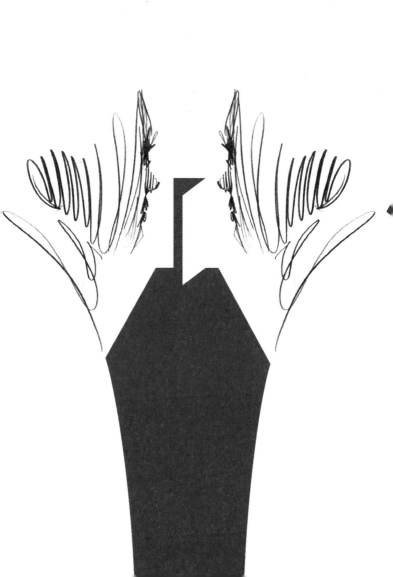

인 이 작은 판에서 일어난 투쟁과 반목이 객관적인, 공식적인, 점잖은 기록으로 축소되는 게 바람직한 일인지, 판단은 독자의 몫으로 남겨 두려 한다.

추와 정이 오늘 공동의 목표 아래 한자리에 모인 것이 왜 놀라운 일인지 설명하자면 꽤 오랜 세월을 거슬러 올라가야 한다. 아마 문학 평론가이자 K대 불문과 교수였던 故 문형근 선생에서부터 시작하는 게 적당할 것이다.

당대 최고의 지성이었던 문형근 선생은 1983년 개최된 연례 학술 대회에서 한국 문학에도 신구조주의의 여명이 밝아 온다고 주장했다.[•] 그는 신구조주의의 경향이 뚜렷이 감지되는 작풍의 신진 작가 세 명을 언급하였는데, 그중 하나가 바로 추다. 문은 수차례 자크 데리다를 인용하며 추의 작품이 이전 세대의 한국 문학과는 근본적으로 구별되는 지평 위에 있다고 평가하였다. 그러나 그날 문

• 문형근, 「韓國現代文學: 新構造主義的 接近」, 제3회 문학 콜로키움, 1983. 문형근은 〈신구조주의〉라는 표현을 사용하였으나 이 용어는 후학에 의해 후기구조주의로 정착하였다.

이 발표한 논문은 자크 데리다의 첫 인용이라는 의의를 가질 뿐 별 다른 후속 논의로 이어지지는 못했다. 당시 한국 지식인 사회에서는 철 지난 레비 스트로스의 유행이 한참이라, 태반이 데리다의 이름조차 들어 보지 못한 학계에서 섣불리 문에 동의하거나 반박할 자가 없었던 것이다. 데리다의 첫 번역서가 국내에 정식으로 출간된 것은 15년이 더 지난 후였다.

신구조주의라는 단어를 들어 본 적조차 없다고 한 추의 인터뷰 발언**은 잘 알려져 있지만, 사조에 속하는 것과 사조를 인지하는 것은 별개의 일이므로 그건 문제가 아니다. 추 스스로도 자신에 대한 평가를 부정하기 위해 그런 말을 한 건 아니었다. 정말 신구조주의라는 단어를 들어 본 적이 없었고, 그게 무슨 뜻이냐는 기자의 갑작스러운 질문에 당황했을 뿐이다. 사실 추는 내심 자신이 한국 문학의 새 지평을 열었다는 평가에 흡족해하고 있었다.

당시 정은 대학 조교수로 갓 임용된 신출내기 국문학

** 「동아일보」, 1984년 4월 3일, 17면 인터뷰 기사.

문학의 새로운 세대

자였다. 그는 원로 학자인 문이 레비 스트로스가 동양척식 회사가 설립되던 해에 태어났음을 지식인 사회에 환기시켰다는 사실이 마뜩치 않았다. 전전세대 주제에 자신의 교수 임용 논문 주제를 구시대의 유물 취급하다니. 문은 국문과 출신도 아니지 않는가. 전공이 아닌 학벌의 지형 위에 고착한 평단의 세력 구도 역시 정의 오랜 불만이었다. 무엇보다 정은 전후 세대라 전쟁의 참극을 몸소 겪지 못해 그런지 겁대가리도 없었다. 그리하여 정은 월간 『현대문학』에 기고한 글에서 문을 이렇게 도발하였다.

(추의 작품과 최근의 평가가) ……구태의연한 문학적 통찰을 구태의연하게 해석한 데 지나지 않음을 지적해 두고 싶다. 새로움에 대한 우리의 보편적 이해에 비추어 볼 때, 새로운 시도란 결코 그 시작에서부터 보편적으로 동의되는 명제의 형태로 출발할 수는 없는 것이다.•

이 글에서 정은 오히려, 그때까지 평단이 평가를 유보

• 「文學의 世代」, 월간 『현대문학』, 1984년 2월 호.

하고 있던 또 다른 신진 작가 〈유〉를 지목하여 〈文學의 新世代가 등장하였다〉고 추켜세웠다.

인내심이 부족했던 문은 정치적 셈을 빤히 읽으면서도 정이 쳐놓은 그물 속으로 걸어 들어가고 만다. 『현대문학』 다음 호에 기고한 글에서, 〈최근 소장 평론가들에게서 드러나는 문학적 감식안의 부재를 우려한다〉•• 고 정의 도발을 되받은 것이다. 문과 정이 이곳저곳의 문예지에서 치고받는 동안 문학 평론가 서넛이 참전을 선언하여 이 논쟁은 평단의 세대 갈등으로 비화될 조짐을 보였다. 그 사이 정의 이름은 널리 알려졌다. 이것이 이른 바 〈문학의 신세대〉 논쟁이다. 그러나 열띤 시작에도 불구하고 이 논쟁은 시대의 문학 담론으로 성장하지는 못했는데, 다음 해 봄 문이 지병인 췌장암으로 급작스럽게 별세했기 때문이다. 문의 장례식에는 400여 명의 문인과 학자 그리고 출판인들이 참석했다. 정도 거기에 갔다. 장례식에서 정을 마주친 계간 『문예중앙』 편집인들은 메스꺼운 기분을 느꼈다. 불

•• 「文學的 思惟란 무엇인가」, 월간 『현대문학』, 1984년 3월 호.

문학의 새로운 세대

과 일주일 전 보내 온 원고에서, 문이 정을 향해 〈평론가로서의 수명을 다했다〉, 〈학문적 가사 상태〉 등의 예지적인 비난을 쏟아 냈던 까닭이다. 원고는 정의 요청으로 쓰이진 않았다. 짧은 전쟁은 그렇게 적의 죽음으로 막을 내렸다.

그러면 문과 정이 각각 문학의 신세대로 지목하였던 추와 유는 어떻게 되었는가? 먼저 유에 대해 말하자면, 그는 평단과 출판 시장의 꾸준한 외면 속에 두어 작품을 더 낸 뒤 처가의 도움을 받아 통닭집을 차렸다. 그 후로 유의 이름은 더 이상 문학사에서 언급되지 않는다. 반면 우리 모두 알고 있듯이 추는 명실상부 한국 최고의 작가 반열에 올라섰다. 아이러니하지만, 〈문학의 신세대〉를 걸고 벌어진 상속전의 승자는 결국 죽은 노인이 된 셈이다. 정은 추의 네 번째 장편 소설 「소문」에 작품 해설을 실음으로써 현실을 발빠르게 받아들였다.

거기에서 정은 〈탁월한 미적 탐색으로 역사의 비극적 지점에서 누구도 예상하지 못한 찬란한 서사를 발굴했다〉고 추의 작품을 극찬했다. 하지만 추의 입장에서 보자면

이 느닷없는 화해의 제안은 공평하지가 않았다. 추는 미적 탐색뿐만 아니라 기억도 탁월한 사람이라 자신의 작품을 〈구태의연〉하다고 못 박은 사람의 이름을 가슴에 새겨 두었던 모양이다. 추는 계간 『창작과비평』과의 대담에서 꽤 준비된 말들을 쏟아 낸다.

〈저는 문학 평론을 독립된 기예로 봐요. 작품의 해설에 머물지 않을 때 오히려 평론은 그 본분을 다하는 거겠지요. 소설이 삶의 지반 위에 구축된 문학이라면, 문학 평론은 소설의 지반 위에 구축된 문학입니다. 소설이 벽돌이라면, 평론가는 건축가여야 해요. 건축가가 뭘 하나요? 건물을 지어야지요. 건축이란 벽돌의 재질을 분석하고 무게를 측정하는 것 이상의 작업입니다. 벽돌이 재료로서 가진 가능성을 현물화하는 작업이지요. 그러니까, 저는 평론가들이 제 작품을 진단하고 채점하고 해설하고 도식화하는 것 이상을 원해요. 평론가들이 제가 미처 도달하지 못한 것들을 발견해 주기를 원합니다. 그런데 여전히 학습서식 해설에 머무는 평론가들이 있어요. 이런 말 해도 괜찮겠지

문학의 새로운 세대

요? 악의가 있는 건 아니니까. 예를 들면 〈정〉 같은 양반. 아, 그분 방대한 지식은 저도 존경합니다. 그런데 그 사람이 쓰는 글은 상상력이 결핍되어 있어요. 제가 A와 B를 말하면 A는 동의하지만 B는 미심쩍다고 지적하는 수준이지요. 절대로 C를 내놓지 못해요. 겨우 그런 게 평론이 할 일이라면, 이런 말이 좀 과할진 몰라도, 평론은 그만 사라져도 됩니다.〉

선전 포고와 함께 2차전이 시작됐다. 그후 10년간 정은 추의 작품 동향에 끈질긴 관심을 보였다. 그는 추의 소설 「수미, 영태」에 대해 〈계급 갈등의 문제를 순진하고 성급하게 접근하였다〉**고, 「삭풍」에 대해서는 〈역사적 변증에 관한 그릇된 이해〉***이라고, 「숨」에 대해서는 〈「삭풍」

• 계간 『창작과비평』, 1988년 봄 호, 작가 대담.
•• 「〈수미, 영태〉와 자본주의적 계급 질서」, 계간 『문학과 사회』, 1989년 가을 호.
••• 「역사는 진화하는가? - 〈삭풍〉으로 들여다본 한국 현대사」, 계간 『창작과비평』, 1991년 봄 호.

문학의 새로운 세대

에서 퇴보한」*이라고 썼다. 이에 추는 「어느 평론가의 죽음」이라는 단편으로 화끈하게 응수했다.

　두 사람의 운명은 추가 P대학 문예창작과 교수로 임용된 1990년대부터 엇갈린다. 추가 자신의 문하에서 김이선, 양문지, 이희 등의 젊은 여성 작가를 배출하며 위풍당당하게 일가를 이룬 데 반하여, 그 기간 동안 정이 한 일이라고는 집필이 뜸해진 추를 사석에서 헐뜯는 게 고작이었다. 그런데 정은 글에 비해 말이 세련되지 못한 사람인지라, 결국 한 문예지의 송년회를 겸한 술자리에서 치명적인 실수를 저질러 버렸다. 우회적으로 추를 겨냥한다는 것이 〈문창년들이 한국 문학을 다 말아먹고 있다〉는 망언을 내뱉었던 것이다. 동석한 후배 평론가 몇 사람이 마지 못해 웃어 주었다. 잔을 채우는 술이 거칠게 넘쳐흐르고, 잔 등을 혀로 날름 핥은 정이 건배를 외치고, 담배 대신 싸늘한

---

* 「〈숨〉, 현실을 호흡하고 있는가」, 계간 『창작과비평』, 1992년 겨울 호.

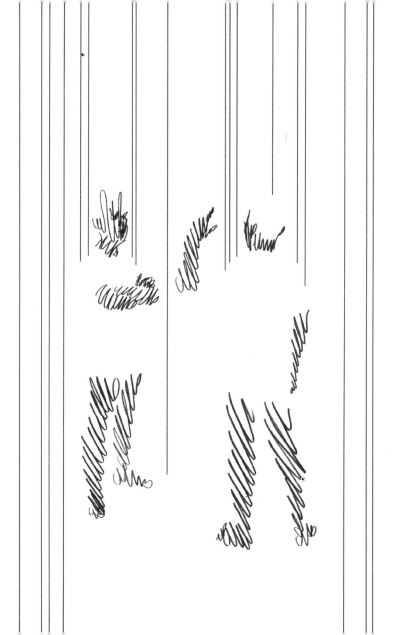

시선이 돌아왔건만, 정은 밤새 얼굴만 벌겋게 붉힐 뿐 뭐가 문젠지 파악조차 못했다. 얼어붙은 12월이었다. 한 해를 가쁘게 청산한 세상과 문학과 한 평론가의 파란만장한 경력이, 빈 병이 주룩 늘어선 그 송년의 밤을 넘어 길고 어두운 월동기에 접어들었다. 그해가 다 가기 전에, 많은 문인들이 정의 적으로 돌아섰다.

정의 발언을 접한 추는 노벨 문학상을 김진명에게 빼앗긴 고은처럼 격분했다. 그날 일을 추에게 전한 장본인이자 이번 신춘문예 심사 위원이기도 한 김의 말에 따르면, 당장이라도 정을 만나 따지려는 추를 여러 차례 말려야만 했다고 한다. 그 후로 오늘까지 추와 정은 사석에서 마주치면 눈인사조차 나누지 않았다.

그렇다면 신춘문예 주최측인 A 신문은 무슨 생각으로 이 두 사람을 동시에 심사 위원으로 위촉했는가. 담당 기자인 〈강〉이 〈심사 위원들은 대승적 차원에서 문학의 새 길을 모색하기 위해 한자리에 모였다〉고 문화면 하단에 끄적이긴 했지만, 스스로 그렇게 믿었는지는 의문이다. 원래 기사란 객관적인, 공식적인, 점잖은 성질의 것이니

말이다. 사실 주최측의 셈은 너무 훤히 들여다보여서 오히려 추와 정이 그 제안을 받아들였다는 사실이 놀라울 지경이었다. A 신문은 단지 추와 정 사이에 외나무다리를 놓았을 뿐이었다. 그리고 구경꾼이 모이길 기다리고 있었다. 좋은 결정도, 쉬운 결정도 아니었지만, 현실 위에서 이루어진 결정이었다. 신춘문예는 이미 꽤 오랫동안 말(言)을 수확하지 못한 채 시들시들 말라 가고 있었다. 문학이 봄이 아니라 겨울을 나고 있었기에.

출전 선수의 수가 엄격하게 정해진 프로 스포츠처럼 심사 위원단에는 추와 정을 중심으로 친분 있는 소설가와 평론가들이 적절히 안배되었다. 누군가 공정과 견제를 바랐는지 어쨌는진 몰라도 그건 절대로 현명한 발상은 아니었다. 7명의 심사 위원이 평론가 대 소설가의 구도로 직사각의 탁자를 끼고 마주 앉은 방 안의 풍경만 봐도 알 수 있지 않은가. 추와 정을 제외한 나머지 다섯 심사 위원은 정전 협상을 나온 실무진처럼 수장의 눈치를 살피기에 여념이 없어 보였다. 좋은 소설을 취하는 것도 쉬운 일은 아니

지만, 그게 인간관계의 문제처럼 난해하지는 않았기 때문이다.

탁자 좌측의 세 명이 평론가들이다. 정 옆에 앉은 남자가 한때 정과 동인 활동을 했던 〈천〉이고, 그 옆 여자는 천과 B대학 국문과 동문인 〈이〉이다. 그리고 맞은편에는 네 명의 소설가가 앉아 있는데, 추 그리고 추와 호형호제하는 사이인 〈김〉, 추의 제자 양문지, 그리고 최근 전성기를 맞은 젊은 여성 소설가 〈류〉가 바로 그들이다. 류는 방 안에 들어온 후 입 밖으로 말 한마디를 내지 못하고 무슨 말만 나오면 수줍게 고개를 끄덕였다. 류를 처음 대면한 정은 시선을 힐끗 주고서 속으로 중얼거렸다. 거 변변치 못한 사람이로군.

그러나 화려하고 과감한 차림새의 류가 보기와 다르게 말을 아끼고 있는 것은 그녀가 변변치 못한 사람이라서가 아니라 이 방에 앉은 그녀의 입장에 특수한 측면이 있기 때문이었다. 그녀의 존재와 경력은 한국 문학의 또 다른 축이면서 다른 의미에서 태평양의 섬과 같은 것이었다. 나이 서른에 느지막이 문예창작과에 입학했던 류는,

다른 여성 작가들이 진중한 목소리로 〈여성〉과 〈모성애〉를 말하는 동안 거추장스러운 접두어를 생략하고 과감하게 〈성〉과 〈성애〉를 묘사해 왔다. 그녀의 솔직하고 자유분방한 글은 젊은 여성 독자들의 열렬한 지지를 받았고, 〈감각적인 몸 언어의 시대를 열었다〉는 긍정적인 평가를 받기도 했으나, 대개의 문인들은 그들이 쌓아 온 점잖은 철학이 닿지 않는 세상의 말초적 지점에서 벌어지는 화학 반응을 지켜보며 곤혹스러워했다. 일부는 〈류〉가 그리는 화려한 성생활이 경험 현실의 역사에서 비롯된 것인지 의구심과 약간의 호기심을 가지기도 했다. 그리하여 류의 장편 소설 「그녀의 집」이 지난 10년간 인쇄된 추의 소설보다 더 많이 팔려 나간 베스트셀러가 되었을 때는, 추조차 은근히 류를 염두에 두고 문학의 진정성이 사라진 시대를 개탄하는 칼럼을 문인들이 잘 보지 않는 월간지에 썼을 정도다.•

그러나 짐짓한 멸시의 언어는 시장의 환호 앞에 겁을 집어먹고 한 발자국씩 차츰 물러났다. 드디어 올해에는 A 신

• 월간 『주부생활』, 2004년 9월 호.

문이 세대의 시각을 반영한다는 명목으로 류를 신춘문예 심사 위원으로 위촉하기에 이른 것인데, 신춘문예 주최 측 내에서 그녀에게 과연 자격이 있는지 논란이 일었던 것도 사실이었다. 그래서 류가 이 자리에서 처음으로 입을 열고 조심스러운 말투로 〈제가 심사 위원이란 걸 처음 해보긴 하지만, 일곱 명이 다 읽기엔 응모작이 너무 많지 않은가요〉라고 물었을 때는 막 건물 옥상에 담배를 비벼 끄고 들어온 담당 기자 강조차 하하, 웃으며 무시해 버렸던 것이다. 대신 강은 말했다.

「그럼 작품을 어떻게 나눌까요. 무작위? 가나다순? 아니면 원하는 작품을 선생님들께서 골라 가져가시겠어요?」

추가 대답했다.

「고를 필요까지야 있겠나. 강 기자님께서 알아서 나누세요.」

그렇게 심사 위원 한 명당 약 100편의 작품이 배당되었다. 예심에서 할 일은 그게 다였기에, 〈일곱 명이 다 읽기엔 응모작이 너무 많지 않은가요〉는 류가 회의석상에 입 밖에 낸 유일한 문장이 되고 말았다. 그런데 인류의 의사 결정 기구가 대개 홀수의 구성원으로 이루어진 이유를 잘 이해하고 있는 추로서는, 류를 마냥 소홀히 다룰 수만은 없어 포석을 깐답시고 친근한 척 그녀의 귀에 입김을 뿜으며 이렇게 속삭였다.

「류 선생, 이 정도면 양호한 겁니다. 올해는 응모작이 아니라 심사 위원이 많은데.」

말을 하는 추의 시선은 맞은편의 정을 찬찬히 훑었다. 정 역시 류의 귓가에 입을 대고 속삭이는 추를 잠자코 지켜보고 있었다. 추는 덧붙였다.

「건질 게 몇 편 안 될 거예요. 좋은 작품이 널렸으면 무엇하러 공모를 벌이겠어.」

심사 위원들은 3주 후에 강원도 평창에서 있을 본심 합숙을 기약하며 자리를 깨기로 했다. 일어서자 류의 머리는 추보다 한 뼘이 높은 곳에 올라섰다. 향수의 관능적인 잔내음을 남기고 방을 나서는 류의 뒷모습을 보면서 방금 전까지 아군 행세를 하던 추는 혀를 찼다. 어찌 땅을 딛고 서 있나 싶게 아찔아찔 좁아지는 하이힐 굽을 따라 문학

문학의 새로운 세대

이 명맥을 다해 가는 듯 싶었던 것이다. 몇 년 전 읽었던 류의 소설 「그녀의 집」을 떠올리자 한숨이 나올 것만 같았다. 추는 생각했다. 세상이 온통 겉멋으로 물들어 가는가. 한편, 추에 앞서 자리를 일어난 정 역시 류의 뒤를 밟아 복도를 걸으면서 비슷한 생각을 하는 중이었다.

본심

심사 위원들이 후보작을 읽고 한 편씩을 뽑았다. 강기자가 그것들을 심사 위원 머릿수만큼 복사하여 가져왔다. 한중 문학 포럼의 발제를 준비하느라 선정된 작품을 미리 읽지 못한 정은 평창으로 가는 고속버스 안에서 일단 추가 선택한 작품을 읽어 보았다. 어휘 하나하나를 강박적으로 꼼꼼히 살폈다. 지난 시절 추의 작품을 읽을 때처럼. 강원도 초입의 휴게소에 도착하고나서야, 정은 사방이 차가운 눈으로 덮여 있다는 사실을 알았다. 스멀스멀 멀미 기운이 올라왔다. 그는 버스에서 가장 먼저 내려 약국으로 뛰어갔다.

「야만 대 야만」

굳이 찾자면 장점이 없는 것도 아니었으나, 반면 견디기 어려운 단점은 너무나 명백했다. 영어로 먼저 쓰고 번역한 듯 살아 있는 맛이 좀체 없는 문장의 저열함이 그러하였고, 대강대강한 전개의 산만함이 그러하였고, 이 작품이 추의 심사작 중에서 나왔다는 점이 그러하였고, 무엇보다 그럼에도 불구하고 정에게 주어진 보잘것없는 100편의 예심작들보다 이것이 월등하다는 사실을 인정할 수밖에 없다는 점이 그러하였다. 그 사실은 문제가 될 수 있었다. 본심 회의에서 추에게 질질 끌려다니며 고개를 끄덕이게 되는 상황을 상상하니 약국에서 산 기미테를 붙여 간신히 진정시킨 위장이 다시 쏠릴 것만 같았다. 인구 5천만의 나라에서 겨우 이보다 나은 작품을 찾기 어렵다니. 겨우, 겨우, 겨우, 이 정도란 말인가! 문학은 정말로 끝장이 나려는가!

추는 자판기에서 커피를 뽑아 나오는 길에 정과 마주쳤다. 그는 김이 모락모락 피어나는 종이컵을 두 손으로 감싸 쥐고 호호 불며, 〈커피에 계란을 풀면 기가 막힌데.

자네들 안 먹어 봤지?〉 따위의 말로 다른 심사 위원들을 웃기다가 정의 낯빛이 심상찮음을 읽었다. 그러나 그 편에서 정을 향해 조르르 달려온 건 이였다.

「어머, 정 선생님. 편찮으세요?」

「괜찮아, 괜찮아. 그냥 속이 좀 더부룩해서. 먼저 들어가 있어.」

그러자 추는 가지, 하더니 정말로 다른 심사 위원들을 끌고 버스로 들어가 버렸다. 홀로 남은 정은 벤치 위에 쌓인 눈을 손바닥으로 거칠게 쓸어 내고 앉아 담배를 태웠다. 볼수록 괘씸한 인간이다. 커피에 계란을 푼다고? 못된 취향이로고.

평창의 콘도에 도착해 심사 위원들은 간단히 점심을 먹었다. 본심에 올라온 후보작들을 각자 최종 검토하는 시간을 가진 후 토의는 오후 3시부터 시작되었다. 두 시간 만에 네 작품이 나가 떨어졌다. 후보작은 「야만 대 야만」, 「그건 아니지」, 「초벌구이」의 셋으로 압축되었다. 애초 지지하는 사람이 류뿐이었기에 「그건 아니지」 또한 곧 밀려

났다. 류는 잠시 저항했지만, 다른 심사 위원들이 「그건 아니지」를 해부하기 시작하자 입심에 밀려 〈젊은 작가들에게 그런 문학관을 강요할 순 없어요〉라는 단말마의 항변을 남기고 물러났다.

추는 줄곧 「야만 대 야만」이 천착한 주제 의식에 후한 점수를 주었다. 반면, 정은 「야만 대 야만」이 봐줄 만한 점은 그것뿐이라고 일축하며 「초벌구이」를 당선작으로 밀었다. 물론 그것이 순전히 추에 대한 반발심 때문은 아니었다. 정 역시 문학 평론을 평생의 본업으로 삼았던 사람 아닌가. 정은 오히려 이 토론에 추의 제자인 소설가 양문지가 정치적으로 임하고 있는 게 아닌지 의심하고 있었다. 예심에서 스스로 「초벌구이」를 발굴하고서는, 오전까지만 해도 노다지를 캤다고 뿌듯해하던 양문지였다. 정이 「초벌구이」에 편승하자 그녀가 급작스럽게 「야만 대 야만」으로 선회한 까닭이 미심쩍었다.

심사 위원들이 각자 의견을 보태면서 회의실의 분위기는 열기를 더해 갔다. 테이블 저만치에 앉은 강 기자는 특별히 추와 정 사이에 오가는 설전에 주목하면서 심사 위

문학의 새로운 세대

원들이 주고받는 대화를 노트북으로 기록해 나갔다. 뭐 이 정도면 나쁘지 않은 걸, 생각하면서. 그러나 정상적인 논쟁의 외관을 아슬아슬하게 유지하던 그 토론은 결국 근본적이며 예견되었던 한계에 부딪혔다. 격론의 와중 정의 입에서 〈추 선생은 언어적 조형 전략에 대해서는 생각이 없는 분 같구만〉이라는 조롱이 튀어나왔고, 그에 뒤따른 꼬리가 길고 불편한 침묵을 기점으로 다른 심사 위원들이 내놓는 의견이 현격히 줄어든 반면 추와 정의 논조는 험악해지기 시작했던 것이다. 논쟁은 어느새 추와 정 사이의 다툼이 되었다. 벌써 8시였다. 길고 무의미하며 전선의 변동이 없는 전투 끝에 류가 「그건 아니지」를 재고해 보면 어떻겠냐고 묻는 지경이 되자, 가만히 지켜보던 강 기자가 좀 더 매력적인 제안을 내놓았다.

「그냥 두 작품을 다수결에 붙여 볼까요.」

세 사람이 「야만 대 야만」에 손을 들었다. 다른 세 사람이 「초벌구이」에 손을 들었다. 류는 자신을 향한 눈길을 느끼고서 변명했다.

「저는 기권할게요.」

어느새 사회자가 된 강 기자가 말을 받았다.

「올해부터 심사 과정을 공개하기로 한 거 아시지요? 제가 기사로 써야 합니다.」

강은 류 쪽을 쳐다보지도 않은 채 말했다.

「제가 감히 간섭할 권한은 없지만, 다수결로 간다면 부디 기권표는 나오지 않았으면 합니다. 차선작이라도 선택을 해주시지요. 이런 말 드려서 대단히 송구스럽습니다.」

고개 숙인 류를 대신하여 정이 대답했다.

「일단, 저녁들 자시면서 숙고하시고, 돌아와서 더 해봅시다. 속이 쓰리게 출출하네.」

심사 위원들은 미리 예약해 두었던 대로 오대산 자락에 위치한 백숙집으로 갔다. 텅 빈 식당 중앙에 두 테이블로 나눠 이미 음식이 차려져 있었다. 그래서 묘하게 추를 중심으로 한 소설가 그룹과 정을 중심으로 한 평론가 그룹이 다시 나눠 앉게 됐다. 공복에 바삐 돌아다니는 젓가락들이 야들야들한 오골계의 속살을 찢어발기는 동안, 류는 죄 지은 사람처럼 풀 죽은 표정을 하고 누렇게 뜬 기름에 시선을 담고고만 있었다. 류의 낌새를 살핀 추가 반주 삼아 주문한 생막걸리를 주욱 들이켜고서는 말을 걸었다.

「참, 류 선생. 바깥 양반은 요즘 잘 계시는가?」

류는 당황했다. 김이 물었다.

「응? 추 형이 바깥 분이랑도 아는 사이야?」

「딱히 아는 건 아니고, 류 선생 바깥분이 물리학자 아닌가. 거 방송도 타시고 꽤 유명한 분으로 알고 있는데. 맞지요, 류 선생?」

류는 그저 웃기만 했다. 평론가 쪽 테이블에 앉은 이가 속없이 끼어들어 물었다.

「대학 늦게 들어가시지 않았어요? 언제 과학자 남편을 만났대.」

류가 대답했다.

「남편이 뒷바라지 해줘서 늦게라도 대학에 간 거죠. 결혼을 일찍 했어요. 스물셋에.」

정이 말했다.

「류 선생 미모에 넘어가신 거로구만. 지금도 이렇게

출중한데 스물셋엔 어땠겠어. 근데 왜 하필 문예창작과에 들어갔어요?」

「어렸을 때부터 글 쓰는 걸 좋아했거든요.」

「뭐 꼭 문예창작과에 들어가야 글 쓰나.」

정은 힐끔 추를 보면서 대꾸했다. 류는 신경 쓰지 않고 말했다.

「저도 꼭 작가가 되겠다고 결심하고 들어갔던 건 아니에요. 서른 접어드니까 주부 생활이 무료해지기도 했었고요. 정작 대학 들어가서는 다른 학생들보다 나이가 열 살이 많아 잘 어울리지도 못했죠. 대학 동기들 술 마시려고 몰려 나갈 때 저는 남편 저녁밥 차리러 집에 돌아갔어요.」

추가 막걸리를 자작하며 말했다.

「하지만 첫 소설을 내자마자 진짜로 성공한 작가가 된 거지. 원래 다 그런 거예요.」

「운이 좋았죠. 솔직히 출판이 될 거라는 기대도 안 했었는데.」

「그런데 류 선생.」

「네?」

추는 또 한 잔을 들이켜고 물었다.

「류 선생은 오늘 두 작품 모두 마음에 들지 않아요?」

식당 안은 눈송이 가라앉는 소리도 들릴 만큼 고요해
졌다. 다들 태연한 척 젓가락을 휘두르고는 있지만 귓바퀴
는 류를 향해 세운 거였다. 류는 대답 대신 어색하게 웃어
보였다. 추는 다시 물었다.

「왜, 어디가 그렇게 마음에 안 들어요.」

「글쎄요. 둘 다 너무 낡은 소설이 아닌지.」

추의 입술이 움찔거렸다. 그는 입가로 흘러내린 막걸
리를 훔쳐 냈다.

「낡았다고?」

입을 다문 류를 향해 추는 혼잣말처럼 중얼거렸다.

「낡았단 말이지. 그럼 그걸 가지고 지지고 볶는 우리
도 낡았단 소리 아닌가, 하하하하하하하.」

추가 어거지로 웃어넘긴 후로 류는 다시 대화에 끼지
못했다. 먼저 식사를 끝낸 정은 젓가락을 탁 소리 나게 내
려 두고 이를 쑤시며 나가 담배를 꺼내 물었다.

숙소로 돌아왔을 때 시간은 밤 10시가 넘었다. 강 기자는 30분 쉬며 소화를 시키고 나서 당선작을 마지막 표결에 부치자고 제안했다. 기권 없는 깔끔한 표결에. 심사 위원들은 각자의 방으로 돌아갔다. 정은 조용히 류의 방으로 찾아가 문을 두드렸다. 류 선생, 담배 피시죠? 밖에서 담배나 한 대 같이 태웁시다.

강원도의 시린 겨울밤이었다. 우주를 메운 별들이 얼어붙은 행성을 굽어보는 겨울밤. 눈 덮인 대지에 봄을 싹 틔울 문학이 호명을 기다리는 겨울밤. 류는 모직 코트 옷깃 사이로 파고드는 한기에 몸서리치며 어렵사리 담배에 불을 붙였다. 그녀는 떨고 있었다. 자신이 듣게 될 말이 두려웠다. 류는 식은 입술로 연기를 길게 내뿜었다. 정은 연기의 꼬리를 눈으로 쫓다가, 문득 말을 꺼내기 시작했다. 친근하고, 부드럽고, 적절하게.

「류 선생 참 맛나게 빠시네. 언제부터 피웠어요?」

「고등학교 때요.」

「일찍 시작했네. 구하기 어려웠겠어.」

「길거리에서 꽁초를 줍고 그랬죠, 뭐.」

「허허, 어렵죠? 여자로 산다는 게.」

「글업을 지고 살아서 어렵죠. 여자는 극복이 돼요.」

정은 동의한다는 듯 한참을 껄껄 웃었다. 정의 웃음이 멈추자 어색한 침묵이 다시 돌아왔다. 정은 차가운 겨울밤을 향해 고개를 들고 말했다.

「강원도에선 아직도 별이 잘 보이네.」

「네.」

「나 어렸을 땐 서울에서도 별이 저래 보였지. 책을 구하긴 어려웠지만 문제가 되지 않았어요. 동네 한량들도 별을 보면서 머릿속에 문학을 쓸 수 있었으니까. 하늘에 별이 사라졌을 때 문학의 시절은 이미 지나간 거야.」

정은 주름진 손가락을 들고 까마득한 밤 공간의 한편을 찔러 보였다.

「저기 위에 별이 나란히 아래로 늘어선 거 보이지. 저게 쌍둥이 자리야. 형은 인간이고 동생은 불사신이었다는데, 형이 죽자 그 슬픔으로 동생도 죽어 가게 됐지. 그래서 천신이 둘의 피를 섞어 형을 살렸다고 해요.」

류는 조용히 미소 지었다.

「낭만적이시네요. 이런 분인지 몰랐어요.」

「우리 관계도 저 쌍둥이자리 같은 거 아닌가. 소설을 쓰는 건 류 선생이지만, 소설이 죽으면 나도 죽는 거야.」

정의 시선은 땅으로 돌아와 류를 향했다. 류는 담담한 표정으로 이제 듣게 될 질문을 기다렸다. 정은 물었다.

「마음 정했어요?」

「지금, 제가 실토해야만 하는 상황에 처한 건가요.」

「선생이 결정할 문제지.」

류는 잠시 말을 골랐다. 그리고 차분하게 대답했다.

「자유롭게 선택할 권한이 있다면 저는 기권입니다. 하지만 두 작품 중 하나를 꼭 선택해야 한다면, 그걸 선택이라 부를 수 있을지는 모르겠지만…….」

정은 류에게서 시선을 놓지 않고 있었다. 류는 콕 집어서 남은 말을 마무리지었다.

「저는 〈초벌구이〉에 표를 주진 못하겠어요.」

「추 선생과 따로 대화했어요?」

「네.」

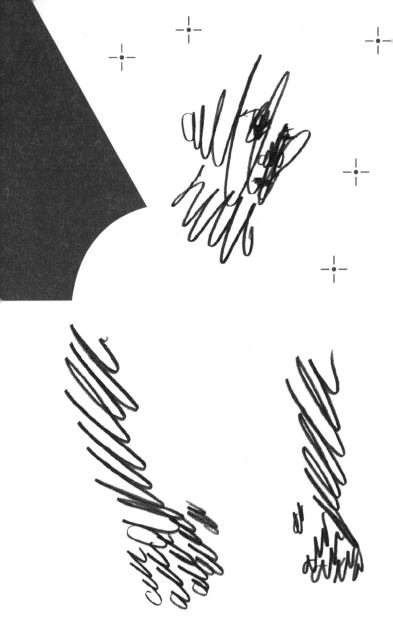

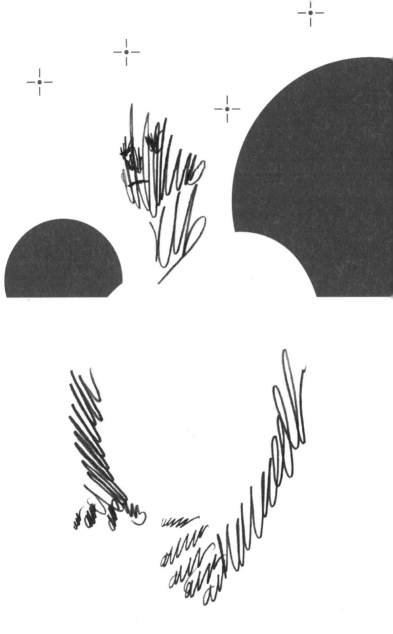

「뭐라던가요.」

「정 선생님께서 제게 〈초벌구이〉로 함께 가자 부탁하실 거라더군요.」

「아직도 그러네. 참 정치적인 사람이야.」

「두 분 사이 문제에 대해선 전 잘 몰라요.」

「이건 그 양반과 나 사이 문제가 아니에요. 그 사람 심사를 하러 온 건지 나랑 대결을 하려고 온 건지 모르겠어. 문학을 생각해야지. 〈야만 대 야만〉, 괜찮아요. 하지만 류 선생도 알 거야. 신춘문예가 어떤 의미인지. 수많은 예비작가들이 당선작을 읽고 고쳐 쓰면서 연습하게 돼요. 그게 그럴 가치가 있는 작품으로 읽힙디까?」

「저는, 〈그건 아니지〉가 좋았어요.」

「그게 〈야만 대 야만〉을 뽑아야 할 이유야? 그건 아니지. 문학에 대한 테러나 다름없는 짓이라고.」

「비교적, 이라고 말씀드릴 수밖에 없네요. 비교적.」

정의 얼굴이 굳어졌다. 막걸리의 취기에, 겨울밤의 한기에, 혹은 견디기 어려운 수치심에, 어쩌면 절망적인 열패감에, 정의 콧등이 시뻘건 색으로 물들었다. 그는 한

참만에 입을 열어 물었다.

「결국, 선생은 〈야만 대 야만〉에 표를 던지겠군?」

「네.」

「이건 어처구니없는 일이야.」

「제 생각도 그래요.」

대화는 거기서 끝났다. 정은 조용히 꽁초를 밟아 끄고 먼저 콘도로 돌아갔다. 류는 자리에 남아 담배를 하나 더 불붙였다. 담배 연기가 성운처럼 별들을 휘감으며 피어올랐다. 그녀는 올려다보았다. 죽은 쌍둥이 형을 살린 동생이라고? 류의 눈에는 거기서 쌍둥이 형제가 보이지 않았다. 그녀의 눈에는 무한한 공간 위에 규칙없이 엎질러진 천체들이, 각자 빛나고 있을 뿐인 표정 없는 별들이 담겼다. 저들 가운데에서 윤동주는 친지들의 소유권을 헤아렸고, 저들 가운데에서 알퐁스 도데는 소녀의 성스러움을 기렸다. 이야기는 별보다 많았고 우주보다 광활했다. 그러나 별들은 알지 못한다.

갑자기 남편이 보고 싶었다. 남편의 따뜻한 가슴이 벌

문학의 새로운 세대

써 그리워졌다. 그것은 체온계를 들이댈 필요가 없는 온기였다. 품에 파고들어 행복해하면 되는 거였다. 류는 별을 점거한 사연 따위를 더 이상 듣고 싶지 않았다. 펜을 쥔 이들이 하늘에 부여할 저마다의 사연을 다투는 동안, 과묵한 과학자들이 장구한 우주의 역사를 완성해 버렸음을 알았던 것이다.

4대 3. 다수결 끝에 이번 신춘문예 당선작은 「야만 대 야만」으로 결정났다. 다음 날 오후 심사 위원들은 서울로 돌아왔다. 뒤풀이 술자리가 기다리고 있었다. 정은 내키지 않는 표정으로 피곤해서 먼저 들어가겠다고 말했으나, 결국 강 기자에게 잡혀 억지로 끌려갔다.

고된 일이 끝났기에 심사 위원들은 한결 밝아진 모습이었다. 술이 한 바퀴 돌자 류마저 말이 많아졌다. 강 기자는 블라인드해 두었던 응모자의 신원을 밝혔다. 사방에서 탄성이 터졌다.

「스물다섯 살짜리 여자애라고?」

「작품 읽으면서 당연히 남자일 거라고 생각했는데,

의외네요.」

「저도요.」

「경영 대학원?」

「요즘은 글도 그런 친구들이 잘 쓰는군.」

「그게 과연 바람직한 일인지. 문학이 자꾸 땅에서 괴리되어 가는 듯한 느낌이 드네요.」

「뭘, 똑똑한 사람들이 돈만 벌려 하지 말고 자꾸 들어와 줘야 이 판도 고사되지 않는 거지. 난 긍정적인 현상이라고 봐요.」

「그런가요.」

그들은 성큼 다가온 문학의 미래를 자축하면서, 또 새 봄의 평온함을 기원하면서, 잔을 드높여 건배했다. 그리고 화제를 이어 나갔다. 문학을 걱정했고, 시대를 비탄했고, 정치를 비난했고, 그러다 보니 자연스레 장가를 잘 가 여당에서 의원 배지를 달게 된 소설가 〈민〉에 도달했다. 추는 민의 보잘것없던 작가 초년을 아주 구체적으로 기억했다. 자네들, 내가 여태 그 친구한테 먹인 설렁탕이 몇 그릇인지나 아는가.

오직 단 하나의 입이 꾸준한 침묵을 지켰다. 정은 무르익어 만개한 술판에서 한마디 내지 않고 잔을 입에 털기만 했다. 보다 못한 옆자리의 이가 정에게 술을 따르며 아양을 떨었다.

「자, 우리 선생님도 한마디 하세요.」

정은 받은 잔을 단숨에 들이켰다. 그리고 기다렸다는 듯 방금 넘긴 술처럼 쓴 말을 내뱉었다.

「시대가 바뀐다 해도 말이야, 필요충분조건을 갖춘 작품을 문학이라 불러야 되지 않겠나.」

정에게 돌아오는 긴장된 눈빛들. 정은 개의치 않고 계속했다.

「우리부터 벌써 시류에 타협하기 시작하면, 앞으로는 어떤 꼴이 되겠냐 말이야.」

한 노인의 묵은 상처와 고집에서 우러나오는 그런 비장한 질책에 감히 대항할 수 있는 사람이 누가 있겠는가. 같은 만큼 고집스러운 노인을 제외한다면 말이다. 싸늘한 적막을 깨고 입을 연 건 역시 추였다. 여기서 추의 〈탁월한〉 기억은 오랜만에 빛을 발했다.

「〈야만 대 야만〉, 역사적 변증의 그럴 듯한 예가 아니었어요?」

그걸로는 부족하다고 여겼는지 추는 더 나아갔다.

「정 선생, 너무 〈구태의연한〉 틀로 판단하려 하지 말아요. 우리 같은 사람의 사고 틀에 갇혀 있지 않다는 점에서 오히려 이 작가를 〈문학의 새로운 세대〉라고 볼 수 있지 않겠느냐는 말입니다.」

추와 정은 서로를 째려보았다. 하지만 나머지 사람들로서는, 방금 추의 입에서 나온 가시 돋친 말에 담긴 역사성을 눈치챌 도리가 없었다. 그저 막연하게 위험한 느낌을 감지했을 뿐이다. 도리어 담당 기자 강은 추의 말을 문자 그대로 독해하여 깊은 인상을 받기까지 했다.

「문학의 새로운 세대…… 굉장히 좋은데요. 그 구절을 이번 수상작의 타이틀로 잡아도 되겠습니까?」

추는 강의 잔에 술을 따라 주었다.

「왜 안 되겠어요.」

강은 술잔을 들어 넘기고는, 잊을세라 수첩을 꺼내 또박하게 적어 넣고 심지어 입으로 웅얼웅얼 읊조려 보았다.

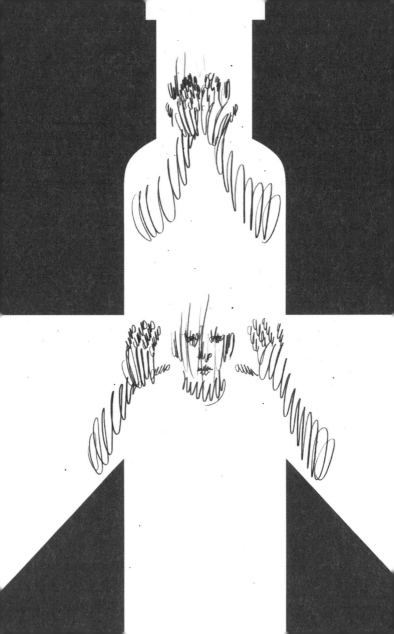

문학의 새로운 세대.

　그런 강의 모습을 보자 추는 몹시 기분이 좋아졌는지, 자신의 잔을 털어 내고서 정 앞으로까지 쑤욱 내밀었다. 추를 잘 아는 김으로서는 그 행동에 깜짝 놀랄 수밖에 없었다. 추는 정을 향해 자못 누그러진 말투로, 심지어 껄껄 웃기까지 하면서 말했다.

　「정 선생이 많이 언짢아 보이는데, 기분 풀고 한 잔 받아요. 〈초벌구이〉도 그리 나쁜 작품은 아니야. 한 작품을 뽑아야 되는 걸 어쩌겠소? 걱정하는 이유는 알겠지만 문학이란 게 한 작품으로 어찌될 만큼 그리 허약하지 않아요. 정 선생, 우리 별놈 다 보면서 이 판에서 잘만 견뎌 왔잖습니까? 자, 받아요.」

　누가 보아도 추는 승자의 여유를 부리고 있는 중이었다. 특히 주말에 당장 문단의 친우들을 만나 오늘 일을 이야기해 주게 될 김으로서는, 이 대목에서 많은 이들이 흥분하게 될 것을 벌써 확신하고 있었다. 그러나 정은, 추가 내민 잔을 가만히 바라보기만 할 뿐이었다. 미동도 하지 않았다. 추는 정에게 내민 잔을 흔들었다.

「어서요, 내 손이 민망해합니다.」

정은 여전히 술잔을 가만히 바라볼 뿐이다. 이가 정의 팔뚝을 잡아 흔들며 거들었다.

「아이, 정 선생님. 그러지 말고 좀 받으세요. 이제 두 분도 푸실 때가 됐네요.」

그러나 정은 팔뚝을 흔드는 손에도 술잔을 권하는 손에도 설복당하지 않았다. 대신 고개를 들고 추의 두 눈을 똑바로 바라보면서 이렇게 물었다.

이겼다고 생각합니까?

추는 정의 갑작스러운 반응에 어떻게 대처할지 몰랐다. 술잔을 거둘 새도 주지 않고 정은 이어 갔다.

「내가 적이라면 이 시합은 추 선생의 승리겠지요. 하지만 나는 선생의 적이 아니고, 이건 시합이 아니야. 추 선생 생각은 다르겠지. 어쨌든 이겼다고 생각해도 좋습니다. 긴 시합이었습니다. 승리를 축하합니다.」

말을 마친 정은 벌떡 자리에서 일어나 인사도 없이 걸

어나가 버렸다. 강 기자가 선생님, 선생님! 하고 외치며 따라갔지만 정을 붙잡아 데려올 수는 없었다.

시상식

〈박〉은 밝은 갈색으로 머리칼을 물들인 앳된 소녀였다. 그녀의 모습에서 스물다섯을 감지하기는 어려웠다. 추는 심사 위원석에 앉아 기자들 말에 더듬거리며 대답하는 박의 모습을 가만히 지켜보았다. 박은 곧 다가와 심사 위원들에게 인사를 올렸다. 특히 류 앞에서는 〈「그녀의 집」, 감명 깊게 읽었어요〉라고 치레했다. 추는 생각했다. 우리 중 읽은 게 저거밖에 없는가 보구나. 뭐 스물다섯이라니까.

추는 다른 한편으로, 자기 옆의 빈자리에 더 신경이 쓰였다. 시상식이 곧 시작되건만 정은 아직 나타나지 않았다. 앞니 빠진 노인의 치열처럼, 정이 앉아야 할 의자는 심사 위원들 사이에 홀로 바닥을 드러낸 채 덩그러니 놓여 있었다. A 신문사 사장이 시상식장에 들어왔다. 그가 나란히 앉은 심사 위원들과 차례차례 악수를 나눌 때까지도

정은 보이지 않았다. 악수를 끝낸 사장은 강 기자에게 물었다.

「정 선생님이 안 보이시네?」

「전화드렸는데, 몸이 안 좋아 오늘 못 오시겠답니다.」

「어이구, 그럼 곤란한데.」

사장은 진행 요원을 손짓으로 불렀다. 그리고 경삿날 보기 안 좋으니 빈 의자를 바깥으로 걷어 내라고 시켰다. 진행 요원은 잰걸음으로 추의 옆으로 달려갔다. 그가 실례합니다, 하고 낡은 목재 의자를 집어들 때, 추는 의자를 잡은 손목을 붙들고 조금만 기다려 보라 간청하고 싶은 충동을 느꼈다. 진행 요원은 의자를 들고 황급히 시상식장 밖으로 뛰어나갔다.

추는 여전히 옆자리를 크게 느꼈다. 횡하니 남은 빈 공간까지 치울 수는 없었던 것이다. 문제는 의자가 아니었다. 결국 강 기자가 심사 위원석으로 다가와 요구했다.

「저기 선생님들, 의자 간격을 좀 넓혀 앉아 주시겠습니까? 오늘 정 선생님이 못 오실 것 같은데요.」

사회자가 연단에 올랐다. 시상식이 시작되었다. 추의 눈은 섬광의 세례를 받으며 연단으로 걸어가는 갈색 머리 소녀를 보았다. 그리고 추의 머리는 제 옆자리에 있어야 할 노인의 얼굴을 떠올렸다. 복잡한 심상들이 어른거리며 추를 어지럽게 했다. 그래, 의자를 고쳐 앉아도 빈자리는 빈자리지. 참으로 서글픈 퇴장이구나.

연단으로 우레와 같은 박수가 쏟아진다. 이 모든 것이 저 작은 여자 아이를 위한 일이다. 여기 정은 없고 추는 있지만, 여기에는 정의 자리도 추의 자리도 없다. 연단을 등지고 선 박이 볼을 발그레 붉히며 웃었다. 문득 추는 자신이 더없이 늙었음을 깨달았다. 나도 곧 퇴장해야겠지. 우리 자리에는 다른 이들이 앉아 있게 될 것이다.

정의 말이 옳았다. 긴 시합이었다. 이제 다 끝났다. 투쟁은 상속인들의 몫이다. 다음 세대가 똑같은 일을 반복해 나갈 터다. 하지만 과연 우리가 그들에게 문학을 물려줬다고 말할 수 있을까.

정의 말이 옳았다. 이건 시합이 아니었다. 이 전쟁은 승자도 패자도 남기지 않는다. 상처 입은 개인을 남길 뿐.

정은 물론 추 역시 나폴레옹이나 스탈린으로 기억되지는 않을 것이다. 우리는, 잊혀지리라.

문학에 바친 뜨거운 청춘이 머릿속을 주마등처럼 스쳐 지나갔다. 막이 내려온다. 추는 많은 사건들을 기억했다. 추는 많은 사람들을 추억했다. 하지만, 추는 자신이 쓴 작품들의 제목조차 이제 다 외우지 못했다.

추는 결심했다. 여기서 나가면 정에게 전화해 봐야겠다. 그를 만나 긴 대화를 나누리라. 그 대화는 동틀 녘까지 이어지리라. 종이에서 해방된 꾸밈없는 언어. 유리잔을 채운 소주처럼 소박하고 쌉쌀한 입말. 이제 해묵은 과거를 정리할 때이다. 부려 놓은 짐을 챙겨 방을 비워 줄 때이다. 그러나 그게 화해는 아닐 것이다. 격한 포옹이나 악수 따위 없을 테니. 우리는 펜에 연마된 거창한 감정을 교환하는 대신 노인다운 너그러움으로 서로의 허물을 보듬을 것이다. 이 모든 이야기는 그저, 극장에서 돌아가는 필름의 한 장면과 같은 것이었다. 역사의 비좁은 편(篇)에 배치된 노쇠한 문학. 그리고 문학의 긴 수명 안에 끼워진 장(章)의

몇 구절. 그게 애초 우리에게 주어진 몫이었다. 보라, 문학의 새로운 세대여! 우리는 이렇게 떠난다.

　　다음은 기자들이 수상자인 박에게 공식적인 질문을 던질 차례였다. 주최 측의 강 기자가 먼저 운을 뗐다.

　　「앞으로 전업으로 글을 쓰실 생각인지요?」

　　「네, 그러고 싶어요.」

　　「경영대학원에 재학 중이시니 앞으로 얼마든지 안정된 생활을 할 수 있지 않나요. 굳이 작가가 되겠다고 결심한 이유가 있으세요?」

　　박은 잠시 망설이다 말꼬리를 흐리며 수줍게 대답했다.

　　「실은요, 취직이 안 돼서 갔는데요. 대학원에……」

　　그녀의 솔직한 말에 장내는 웃음 바다가 되었다. 이번엔 C 신문 기자가 물었다.

　　「좋아하는 작가가 있으세요?」

　　「아서 클라크도 좋아하고, 폴 오스터도 좋아하고요. 아, 아멜리 노통브나 크리스토프 바타유도 좋아요. 보르

헤스는 최고죠. 좋아하는 작가는 많아요.」

「한국 작가 중에선요?」

박은 뒤통수를 긁적였다.

「글쎄요, 한국 소설은 그리 많이 읽은 편이 아니라
서……」

내색은 안했지만 심사 위원들은 당혹감에 휩싸였다.
특히 추가 그랬다. 반면 강 기자는 박의 말에 느끼는 바가
있어, 수첩을 들춰 어제 적은 구절을 찾아내고 그 옆에 콜
론을 찍은 후 다음과 같이 붙여 썼다.

문학의 새로운 세대: 한국 소설은 별로 안 읽었다 함.

" 뼈 있는 농담 같은
소설 "

손아람

**「문학의 새로운 세대」의 이야기는 어디서, 어떻게 시작되
었나?**

원래 계간 『창작과비평』에 써서 보냈던 단편 소설이다. 당시에는
〈문학 권력〉 같은 논쟁이 없었고 진지하게 문단을 비판하려 쓴 소
설은 아니다. 일종의 〈뼈 있는 농담〉 같은 소설이었다. 농담이기
에 『창작과비평』 같은 권위 있는 문예지가 아니면 싣기 어렵겠다
고 생각했다. 다른 매체로 발표하면 심각한 표정의 투덜거림처럼
보일 수도 있으니까. 결과적으로 『창작과비평』의 편집위원들이
수록을 거절했고, 제도권 바깥의 젊은 문학 평론가가 원고를 마음
에 들어 하여 『실천문학』에 실리게 되었다. 소설의 운명이 그 내

용대로 완성된 셈이다.

작가 본인이 생각하는 이 이야기의 중심은 어디인가?

제목에 그대로 담겨 있다. 〈문학의 새로운 세대〉. 지나간 세대 권력의 선택을 통해 세상과 단절된 채로 태어난 다음 세대, 하지만 그 단절로 인해 〈새로움〉을 획득하게 되는 아이러니이다. 내가 감각하기로 2000년대 이후 젊은 작가들은 이전과 완전히 다른 방식의 글쓰기를 하고 있다. 저는 그게 문학(시장)의 몰락과 관계 있다고 생각한다. 더 이상 문학을 숭배하지도 존경하지도 않는, 특별한 문학적 야망도 가지지 않는 젊은 세대가 사명감을 내려 둔 글쓰기를 하면서 독특하고 다양하고 〈새로운〉 글들을 볼 수 있게 된 것은 아닐까.

이 이야기를 쓰면서 염두에 둔 사람들이 있는지?

염두에 둔 실존 인물은 하나도 없다. 주석에 실존하는 문예지의 일부를 인용한 것처럼 써놓았는데 모두 허구이다. 특정한 누군가를 비꼬려는 의도로 쓴 소설이 아니었다.

그러한 각주의 형태를 빌린 장치는 어떻게 사용하게 되었나?

문예지의 형식을 빌린 패러디이다. 내용보다는 그 형식을 차용한 것이다. 문장도 소설보다는 평론에 가깝게 딱딱하고 격 있게 쓰려고 의도했고.

어떤 장면이 가장 마음에 남는가?

문학 평론가 〈정〉과 소설가 〈류〉가 맞담배 피우면서 대화하는 장면. 〈문학의 겨울〉과 그 처량한 한기를 잘 잡아낸 장면이 아닐지. 하하.

소설을 쓸 때 어떤 식으로 자료 조사를 하는지?

자료 조사를 중요하게 생각한다. 소설을 쓸 때뿐만 아니라 쓰지 않을 때도 언젠가 참고할 가능성이 있는 모든 자료를 읽고 스크랩하고 분류해 둔다. 다만 그 방식이 소설가에게 꼭 필요한 과정인지는 모르겠다. 나에게는 일종의 공부의 체계를 세우는 습관 같은 것인데, 너무 많은 정보는 미로가 되어서 오히려 시작을 어렵게 만들기도 한다.

성립의 일러스트를 보고 본인이 생각했던 이미지와 어떻게 같고 어떻게 달랐나?

미학을 전공했지만 미술에는 문외한이나 다름없어서, 미술에 대한 느낌을 물으면 상당히 난감하다. 내가 미술 작품 앞에서 주로 보이는 반응은 몰두하는 표정을 짓고 엄지와 검지 사이에 턱을 괸 채로 〈호……〉 하면서 고개를 끄덕인다. 지금도 그러고 있다.

그림 작품이 계기가 되거나 영감이 된 적이 있나?

형태보다는 색깔에 더 반응하는 편이다. 형태의 묘사는 다양하게 가능하지만 색깔에 관한 형용사를 사용하지 않고 색깔을 묘사하기는 어렵다. 그럼에도 불구하고 우리는 여러 문학 작품에서 정서적 색감을 잘 감지해 내지 않나. 예를 들어 앤디 워홀이나 고흐에서 느껴지는 색감을 문장으로 표현하려면 어떻게 해야 할까, 하는 상상을 종종 하는 편이이다. 거기 사용된 색깔에 부여된 형용사를 정교하게 나열하는 것으로는 어림도 없을 거라고 생각한다.

꼭 일해 보고 싶은 일러스트레이터나 화가가 있다면?

만화가와 일해 보고 싶다는 생각을 해본 적이 있다. 인물의 생김

새, 장면에 대한 구체적 재현을 의뢰하고 무엇을 만들어 내는지 보고 싶어서이다. 「소수의견」이 영화로 만들어졌을 때 의외의 배우들이 의외의 느낌을 연기해 내는 게 상당히 흥미로웠다.

이야기를 짓는 것이 어떤 즐거움을 주는가?

내가 신이라는 것. 한 세계를 만들어 낸다는 것. 사람들이 가짜라는 걸 알면서도 빠져든다는 것. 가짜라는 걸 알기에 누구도 가짜라고 말하지 않는다는 것. 〈진짜〉 사실을 다루는 신문 기사 앞에서도 팩트가 어쩌니 저쩌니 투덜거리던 사람들이 너무 쉽게 무방비로 감정의 빈틈을 드러낸다는 것. 그렇게 스스로도 눈치 채지 못한 채로 독자들이 조금씩 설득되어 간다는 것.

소설을 쓸 때 중요하게 생각하는 본인만의 원칙이 있다면?

사실들에 대해 명확히 숙지한 채로 거짓말을 쓴다. 정확히 모르는 것에 대해서는 거짓말하지 않는다. 독자를 속일 수 없으니까.

소설에 확신이 들지 않을 땐 어떻게 하는가?

멈추고, 다른 곳에 갔다가, 고통을 잊을 만한 때에 다시 시작한다.

작가 인터뷰

대부분 작가가 그러듯이. 마감에 글을 맞추는 능력은 아직 갖지 못했다. 마감이 주어지면 글을 완성하지 못하고 사고를 낸다.

색다른 것을 해야 한다는 강박 관념은 없나?

삶의 가능성이 꽤 열려 있던(그리고 그 가운데 무엇도 성취해 본 적이 없던) 시절까지는 그랬던 것 같다. 10년 단위 계획을 짜놓고 글을 쓰면서 아마추어 수학자로 활동하고, 내 식당을 운영하면서 해마다 오지 탐험을 해보는 게 인생 계획이던 때도 있었다. 글 쓰는 거 하나도 제대로 하기 어렵다는 걸 깨달은 지금은 주제를 알아 그런 오만한 생각은 하지 않는다. 좋은 글을 쓰고 그다음 번에도 좋은 글을 쓸 수 있으면, 숨을 돌리고 내 주변에 좀 더 관심을 기울이는 시간을 가지고 싶다.

손아람에게 〈소설〉은 무엇인가?

읽는 형식의 하나이다. 〈소설〉보다는 〈이야기〉의 관점을 갖는 편을 더 선호한다. 그러면 꼭 읽는 것이어야 할 필요가 없으니까.

〈소설〉은 어떤 힘을 지닌다고 생각하는가?

특별한 힘을 갖지 않는다. 다만 그 형식을 다룰 수 있는 사람과 재능은 여전히 흔하지 않다. 소설가의 시대가 다시 돌아올 일은 없겠지만, 소설가일 수도 있었던 사람들이 만드는 창작물은 언제나 전성기를 누릴 것이다. 그리고 그들은 소설을 읽으며 성장해야 한다. 요즘은 오로지 만화나 영화에 상상력의 기저를 둔 창작자들도 있는데, 그건 스스로에게 한계를 긋는 것이다. 그들에게 영감을 주는 만화가와 영화 연출자도 소설을 읽는다. 소설은 단순하게 원안이 되는 것이 아니라, 추상적인 생각들을 이야기로 바꿔 내는 정교한 전략을 담는 교과서이다. 나는 소설을 읽지 못하는 서사 창작자를 신뢰하지 않는다.

영화나 음악도 만들었다. 창작자로서 소설과 비교하여 각각 어떤 매력이 있나?

소설이 가장 매력적인 일이고, 가장 어려운 일이고, 가장 고통스러운 일이고, 가장 포기하고 싶은 일일 것이다. 영화는 분업이 가능하고 음악은 호흡이 짧다. 소설을 쓰기 위해 한 사람의 작가에게 요구되는 긴 호흡은 비인간적이다. 절대로 자연스럽지가 않다. 1~2년 혹은 몇 년에 걸쳐서 아무도 모르게 혼자만의 작은 무엇을 만들어 내는 경험을 해보는 현대인은 소설가 외에는 거의 없다. 내 경험으로 보자면, 장편 소설 한 권의 마침표를 찍는 순간의 희열에 비견할 만한 것은 고등학교 졸업 외에는 없다. 영화나 음악이 주는 희열은 주로 외적인 것이었다. 배우와 연출자가 내 상상력을 재현하는 방식을 음미한다거나, 관객과 관중이 무대에 반응하는 광경을 음미한다거나. 반면 장편 소설을 마쳤을 때 드는 생각은 이런 것이다. 지난 몇 년간 내가 이걸 하고 있었단 말이야? 이게 정말로 끝났다고? 이걸 쓴 사람이 나라고? 꿈은 아니겠지?

좋아하는 단편 소설을 꼽는다면?

아이작 아시모프Isaac Asimov의 「나이트 폴Nightfall」, 커트 보니것 Kurt Vonnegut, Jr.의 「모두가 왕의 말들All the King's Horses」, 대체로 손홍규의 단편 소설.

어떤 이야기를 쓰고 싶나?

첫 인상은 흥미진진하고, 생각과 감정이 적절히 숨어 있지만 독자가 감지할 정도는 되면서, 거기에 반대한다고 말하는 사람들조차 적어도 읽어 보고 싶게는 만드는 이야기. 〈이것은 속임수입니다〉

라고 말하면서 결국은 속이는 이야기.

이 책을 〈테이크아웃〉 한다면 어떤 공간과 시간으로 가져가고 싶은지?

머그잔에 〈테이크-인〉 한 커피가 있는 곳으로 가져가야겠다. 커피는 문학을 위해 발명된 〈껌〉이니까.

" 모서리들이 날카롭게 선
이야기 "

성립

「문학의 새로운 세대」를 읽고 가장 먼저 떠오른 이미지는?

굉장히 딱딱하게 느껴질 뻔했다. 첫 몇 페이지에는 모서리들이 날카롭게 선 느낌이었다. 그러나 마지막 몇 페이지가 이 소설의 인상을 크게 바꿔 놓았다.

인물들의 내적인 감정을 그림으로 표현하는 것이 어렵지는 않았는지.

단순히 인물의 몸짓이나 표정만으로 표현하기는 어렵겠다 생각했다. 서로 간의 이해관계가 적나라하게 드러난 소설이었기 때문에 그들이 놓인 상황을 표현하면서 독자가 더 깊이 다가갈 수 있도록 작업했다.

선으로 그림을 그린다. 스스로 한계를 두고 있다는 뜻이기도 하고 그래서 더욱 창의적인 방법으로 표현되는 것 같기도 하다. 선으로 그리는 그림에 어떤 좋은 점이 있나?

가장 먼저 떠오르는 좋은 점이라 하면, 표정을 생략할 수 있다는 것. 그리고 보는 이를 여백 속으로 더 깊이 끌어들일 수 있는 점이다. 상상할 수 있도록. 최근에는 선으로만 그린 그림에 대한 한계를 넘어 보려 다양한 방법을 시도 중인데, 이번 책이 많은 도움이 되었다.

스타일에 대해서 더욱 고민하는 편인가?

그렇다. 생각하는 것이나 표현하고자 하는 것의 범위가 점점 늘어나는 것을 느낀다. 그렇다 보니 더 효과적인 방법을 고민한다.

평소의 작업보다 그래픽적 요소를 많이 사용한 이유가 있다면?

위에 말했던 것처럼 소설 내용은 다양한 사람 그리고 행동 안에

숨은 심리를 내포하고 있었다. 배경이나 인물에서 드러나는 그래 픽적 요소는 그 내용의 이해를 돕고자 선택한 방법이고 책의 분위 기와도 잘 맞을 것이라 생각했다.

그림을 그리면서 감정을 전달하려고 노력하나?

감정을 딱 정해 놓고 〈이런 감정을 느껴라〉 하고 강요하지는 않는 다. 평소 작업 안에서 의도하는 바는, 관객이 그림 속에 주체가 되 어 보는 것이다. 그리고 의문을 품게 하는 것이다.

그림에 확신이 들지 않을 땐 어떻게 하는가?

작가 생활하기 전엔 특히 확신이 없었다. 어느 순간 들었던 생각은 이런 사람도 있고, 저런 사람도 있는 것, 이런 작가도 있고, 저런 작가도 있다는 것이다. 그래서 처음 작가 생활을 시작할 때 흔들리 지 않고 내 생각이나 그림을 지키고 서 있어야겠다고 생각했다. 어 찌 됐든 다양한 사람들 안에서 내 것을 하고 있다면 언젠가 차례 가 올 것이라고 생각하며 그림을 그려 왔다. 현재도 그렇다.

요즘 관심을 두고 있는 주제나 생각이 있나?

최근 많이 들었던 생각은 불과 1~2년 전의 나와 지금의 나의 생각들이 많은 온도 차를 가진다는 것이다. 고민들이 계속해서 상황에 맞게 또 다시 생겨난다. 하나가 해결되었다고 해서 고민이 없어지지 않는다는 것을 느낀다. 끊임없이 다시 태어난다. 몇 년 전 했던 고민을 지금 생각하면 아무것도 아니고, 지금 하는 고민도 몇 년 뒤면 아무것도 아닐 것이다. 요즘은 그런 온도 차에 대한 생각을 한다. 마음을 내려놓는 방법에 대해서도.

색다른 것을 해야 한다는 강박 관념은 없나?

아무래도 있다. 그러지 않으려고 해도 사람들의 반응을 의식하게 된다. 최대한 생각만 하고 행동으로는 하지 않으려 애쓴다.

의뢰를 받아서 하는 작업이 개인 작업에도 도움이 되나?

꽤나 많은 도움이 된다. 혼자라면 생각하지 않았을 작업을 하게 된다. 시너지 같은 것을 기대할 수도 있다. 가끔씩은 나보다도 더 작업을 잘 이해하고 있는 상대를 만나기도 한다. 그럴 때면 작업 의욕이 솟구친다. 개인 작업을 지속하는 데에 있어 커다란 에너지를 받는다.

어떤 종류의 개인 작업을 하는지?

보통은 일기를 쓰고 생각들을 적어 놓는다. 그리고 그 글들을 쓰면서 생각났던 장면들을 그림으로 옮긴다. 평면 작업과 영상 작업으로 주로 표현한다.

고전 화가들에게서 영향을 받은 적이 있는지?

고전 화가뿐만 아니라 현대 작가에게서도 많은 영향을 받는데, 화풍보다는 그들의 삶이나 그림에 대한 의지, 그들의 감성에서 자극을 받는다. 고흐Vincent van Gogh의 삶, 솔 르윗Sol LeWitt의 개념, 보레만스Michael Borremans의 감성 등이다.

그림의 아이디어는 어디서 어떻게 나오는가?

사람들과의 대화, 지나가는 사람들, 듣고 있는 음악에서 가장 많은 아이디어가 나온다. 새로운 장면이 떠오른다.

어떤 도구를 주로 사용하나? 연필 외에도 즐겨 쓰는 재료가 있는가?

개인 작업을 할 때는 연필을 주로 사용하지만 그림 수업을 하게 되면서 정말 다양한 재료를 쓰고 있다. 파스텔이나, 콩테, 색연필 같은 건식 재료와 마카, 수채화 같은 습식 재료를 즐겨 쓴다.

그리기 과정에서 중요하게 여기는 것은?

완성에 대한 기준을 정해 놓지 않는 것. 기준을 정하는 순간 벽을 만나는 느낌이다. 기준치 이하가 되면 좋지 못한 그림이라고 단정 짓는 것처럼.

문학 작품을 읽으면서도 영감을 얻는지 궁금하다. 최근에 어떤 작품을 읽었는가.

보통은 시를 읽으면 떠오르는 것이 많다. 최근에 『마음의 집』이라는 그림책을 읽었다. 따듯하면서도 차가운 느낌이 드는 동화이다.

같이 일해 보고 싶은 문인이 있다면?

심보선, 류시화의 시를 좋아한다. 어떻게 보면 이와 반대 성향이지만 개인적으로 척 팔라닉Chuck Palahniuk의 씁쓸한 면이 있는 소설을 좋아하는데, 요즘 작품이 뜸해서 아쉽다.

그림을 그릴 수 없는 상황이 닥친다면 어떻게 〈그림〉에 대한 욕구를 표현하겠는가?

매일매일 그림을 그리고 있는데, 그리지 못한다면 절망적일 것이다. 그렇지만 당분간 좀 쉬어도 된다, 하는 것으로 받아들이고 휴식을 해도 그것 또한 좋을 것 같다.

손아람

대학에서 미학을 공부했고 소설 『소수의견』, 『디 마이너스』, 『진실이 말소된 페이지』
를 썼다. 영화 「소수의견」의 각본으로 제36회 청룡영화상 각본상, 제24회 부일영화
상 각본상을 받았다.

성립

대학에서 조형 예술을 공부했다. 최소한의 선과 여백으로 일상의 크고 작은 순간을
절제된 감성으로 그리고 있다. 꾸준히 전시 활동을 하며 또 뮤지션들과도 협업을 하
고 있다. 지은 책으로는 드로잉 에세이 『생각하는 오른손』와 플립북 『73분』이 있다.

TAKEOUT 12
말함의 새로운 세대

글 손아람 **그림** 성립 **발행인** 홍유진 **발행처** 미메시스
주소 경기도 파주시 문발로 314 파주출판도시
대표전화 031-955-4400 **팩스** 031-955-4404
홈페이지 www.mimesisart.co.kr **email** info@mimesisart.co.kr

Copyright (C) 손아람, Illustration Copyright (C) 미메시스, 2018, Printed in Korea.
ISBN 979-11-5535-142-0 04810 979-11-5535-130-7 (세트)
발행일 2018년 10월 1일 초판 1쇄

이 도서의 국립중앙도서관 출판예정도서목록(CIP)은 서지정보유통지원시스템 홈페이지
(http://seoji.nl.go.kr)와 국가자료공동목록시스템(http://www.nl.go.kr/kolisnet)에서
이용하실 수 있습니다.(CIP제어번호: CIP2018027536)

이 책은 실로 꿰매어 제본하는 정통적인 사철 방식으로 만들어졌습니다.
사철 방식으로 제본된 책은 오랫동안 보관해도 손상되지 않습니다.

테이크아웃은
단편 소설과 일러스트를 함께 소개하는
미메시스의 문학 시리즈입니다.